Barbidou

Barbibul

Barbouille

Barbalala

Les Livres du Dragon d'Or
60 rue Mazarine 75006 Paris.
Nouvelle édition 2012.

Loi n° 49-956 du 16 juillet 1949 sur les publications destinées à la jeunesse.
ISBN 978-2-82120-130-9. Dépôt légal : août 2012.
Imprimé en Italie.

LA MAISON DE BARBAPAPA

Annette Tison et Talus Taylor

LES LIVRES DU DRAGON D'OR

Pendant que Barbamama tricote,
les Barbabébés jouent avec leurs amis
François et Claudine.

Barbapapa a peur que sa maison ne soit
pas assez grande pour abriter toute sa famille.

En effet, elle est trop petite!

François propose une solution.
Il connaît une maison abandonnée…

C’est une belle maison,
mais elle n’est pas
en très bon état.

Toute la famille se met au travail pour la réparer. Barbouille peint des fleurs sur le mur.

Au marché aux puces,
chacun achète ce qui lui manque :

Barbouille emporte de quoi peindre ;
Barbibul choisit un télescope ;
Barbabelle essaie des gants ;
Barbotine s’intéresse aux livres ;
Barbidou préfère les animaux ;
Barbidur est sportif ;
Barbalala aime la musique.

Une mauvaise surprise les attend à leur retour.

D’énormes machines envahissent la rue et menacent de démolir leur maison.

On leur propose
un appartement
dans un immeuble neuf.

Mais les appartements modernes ne conviennent pas aux Barbapapas.

Ils décident de s'en aller.

Ils marchent longtemps, longtemps…
Le soir, ils campent sur une jolie
petite colline.

C'est là qu'ils construisent une maison à leur façon.
Ils recouvrent Barbapapa de plastique.

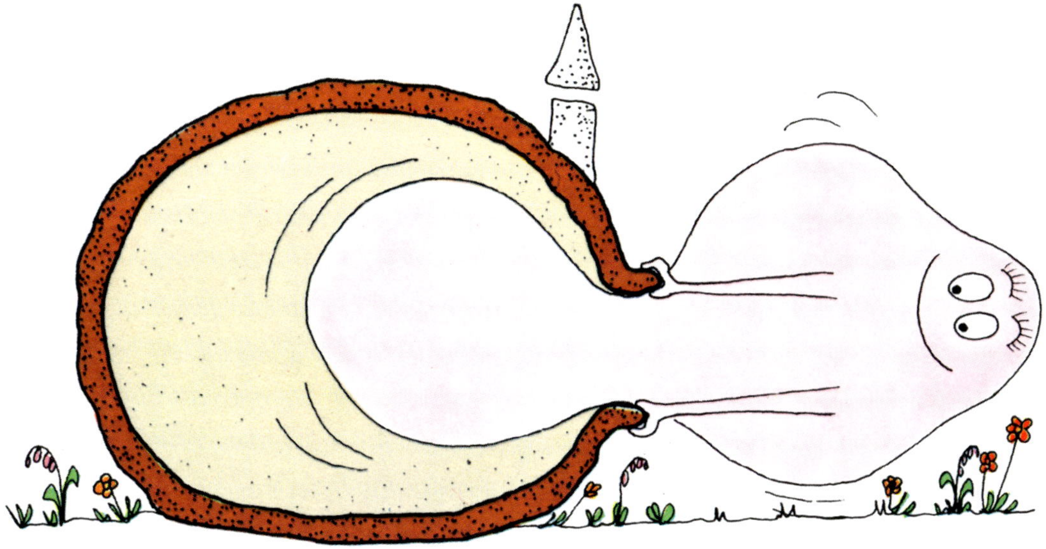

Quand le plastique est sec, la maison est finie.

Il n'y a plus qu'à s'installer.

François et Claudine
viennent voir leurs amis.

La maison de Barbapapa est confortable.

La salle de bain est en plein air.

François et Claudine aident les Barbapapas à cultiver leur jardin.

Mais qu'arrive-t-il encore ?

Myrtilles
Fraises
COMMENT CULTIVER LES ORANGES

Vite les Barbapapas font chauffer du plastique…

… jusqu'à ce qu'il soit aussi collant que du chewing-gum.

Ils lancent des boules de plastique sur les machines pour qu'elles ne puissent plus mordre.

Les machines s’enfuient.
Les Barbapapas fêtent leur victoire.

Puis, ils s'endorment
tranquillement.

Barbapapa Barbamama

Barbidur

Barbabelle

Barbotine